내 삶은 안개 속을 사는 것과 같다.
누가 적군이고 누가 아군인지.
혹은 그저 온통 적들에 둘러싸였을 뿐인지 알 수 없다.

안개 너머로 다가오는 저 존재는
과연 악마일까 천사일까.
혹은 구원자일까 파괴자일까.

진실은 너무도 연약한 탓에
옅은 안개에도 쉽게 숨어 버린다.

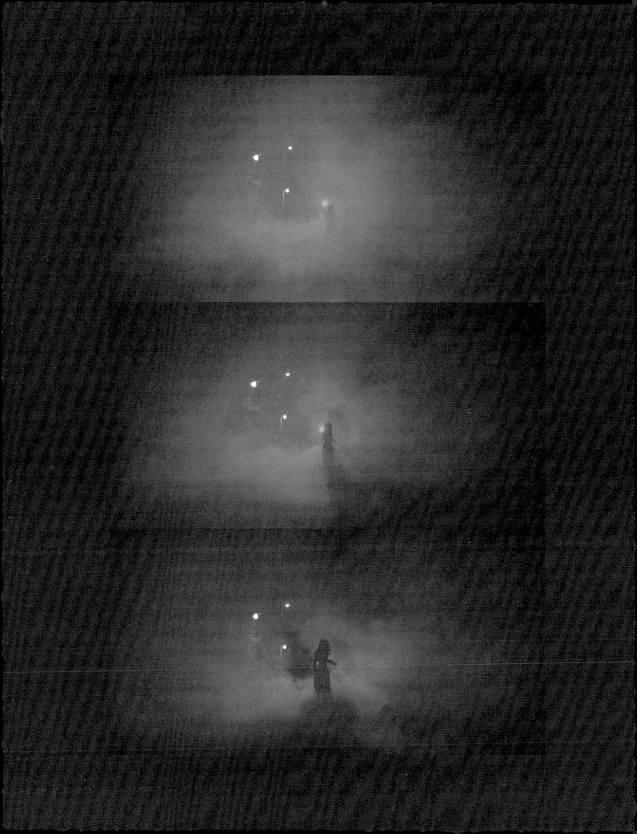

MY DEMON

CONTENTS

누구보다도 낯설고 수상

기획 의도

낯선 존재와의 로맨스

우리는 악마에 대해 아는 것이 많지 않다.

인간의 욕망을 부추기는 위험하고 섹시한 나쁜 남자의 이미지 정도?

그런데 악마를 뜻하는 수많은 단어 중 '데몬(demon)'이라는 단어가 흥미롭다.

'(운명을) 나누다.'는 뜻의 고대 그리스어 'daiomai'를 어원으로 한

데몬은 본래 인간의 수호신을 뜻했지만, '악마'라는 뜻으로 변질됐다.

악마가 되어 버린 수호신, 데몬.

그런 데몬이 사랑하는 여자를 만나 다시 수호신이 된다면?

그 상상으로부터 시작한 이야기가 바로 '마이데몬'이다.

인간과 계약을 맺는 것이 존재 이유인 우리의 데몬 '구원'.

그는 '에르메스를 입은 악마' 같은 재벌 상속녀 '도희'와

계약은 계약이나, 계약 결혼을 맺는다.

같은 인간끼리도 차이를 극복하지 못해 파국으로 치닫기 십상인 결혼 생활.

과연 구원과 도희는 이 계약을, 그리고 결혼을 지켜 낼 수 있을까?

데몬과 인간이라는 이종(異種), 남성과 여성이라는 이성(異性).

성격부터 가치관, 하물며 '부먹', '찍먹'의 취향까지 이질감 끝판왕인 이들의 로맨스는

험난하다. 그래서 더욱 설렌다.

구원자 혹은 파괴자

"나는 인간에게 행복해질 기회를 주는 로또 같은 존재야."

인간의 입장에서는 마치 사채업자 같은 데몬이지만 그는 스스로를 '로또'라 여긴다.
인생의 위기에 손을 내밀고 결국에는 지옥으로 이끄는 데몬과의 계약.
과연 그는 구원자일까, 파괴자일까.

혼란스러운 구원과 파괴의 줄다리기 속,
서로를 파괴하지만 그로 인해 서로를 새로운 챕터로 이끄는 상호 구원 스토리.

본성의 굴레

전갈이 개구리에게 자신을 업고 강 건너편으로 데려다 달라고 부탁하자
개구리가 묻는다.
"네가 날 독침으로 찌르지 않는다는 걸 어떻게 믿지?"
"너를 찌르면 나도 같이 물에 빠져 죽을 텐데 내가 왜 그렇게 하겠어?"
전갈의 답에 개구리는 전갈을 등에 업고 강을 건너기 시작한다.
하지만 강 중간쯤, 커다란 나뭇가지에 놀란 전갈은 개구리의 등에 독침을 박고 마는데…
개구리는 온몸이 마비된 채 물속에 잠기며 묻는다.
"왜 나를 찔렀어? 우리 둘 다 죽게 됐잖아."
전갈이 슬프게 답한다.
"그게 내 본성이니까."

사랑하는 도희에게 수호신과 같은 존재가 되기로 마음먹은 구원.
하지만 데몬으로서 본성의 굴레를 벗을 수 없음을 깨닫고 좌절한다.
과연 그는 '데몬'의 본성을 벗어날 수 있을까?

도도희 김유정

**'사방이 적으로 둘러싸인,
아무도 믿지 못하는 미래 그룹 소공녀'**

미래 그룹 계열사, 미래 F&B 대표인 도희는 단짠을 오가는 '솔트 라떼 같은 여자'다.
까칠한데 부드럽고 여린데 강인하다.

'도도희의 탈을 쓴 도라희'라는 별명답게
도도하고 우아한 척하지만
실은 또라이 기질이 다분하다.

천숙의 자식들 속에서 이방인으로 자란 도희는
세상의 이치를 일찍 깨달았다.
사랑이니 행복이니 하는 것들에 시니컬하다.
그저 '필요한 사람이 되어야 해.' 스스로를 채찍질하며 지내 온 탓이다.

하지만 구원을 볼 때마다 마음이 요동치고,
이성과 감정이 따로 노는데…
이토록 끌리지만, 이 남자 참 안 맞는다.
마치 다른 세계에서 온 것 마냥,
개와 고양이의 언어가 다른 것 마냥
만나기만 하면 으르렁대기 바쁘다.

"내가 너 같은 거 때문에 설렐 거 같아?"

이름처럼 도도하게 부정해보지만
그러면서도 떨리는 이 감정을
어쩌면 좋단 말인가.

정구원 송강

**' 치명적인 매력의 완전무결한 존재.
하지만 능력을 상실한 데몬'**

그를 한 문장으로 표현하자면 '따뜻한 아이스커피 같은 남자'다.
차가운데 따뜻하다.

그는 자신의 일이 좋다. 인생은 불공평하지만 계약은 누구에게나 공평하지 않은가.
덫에 걸린 듯 고통 속을 살아가야 하는 불쌍한 인간들에게 자신은 일종의 로또니까.

"천국을 위해 지옥 같은 현생을 살 것인가, 천국 같은 현생을 살고 지옥에 갈 것인가."
간단한 문제다.

무서울 것 없는 구원의 소망은 단 하나. 포식자로 폼 나게 영생을 사는 것.
'하찮은 인간과는 다르다' 자만하는 그는 참으로 능력 있는 데몬이었다.
그녀를 만나기 전까지는.

한편, 200년이 넘는 시간 동안 이름을 바꿔 가며 대물림인 척
선월재단 이사장직을 지내는 구원을 보고 사정 모르는 사람들은
'씨도둑은 못 한다'라며 감탄한다.
정일원, 정이원, 정삼원… 정구원은
그의 아홉 번째 이름이다.
구원은 곧 '정십원'이 될 자신의 운명이 괴롭다.

"허 필 이름을 정일원으로 시작해서…."

도도희라는 이상한 여자는 그의 이름이 달콤하단다.
인공 감미료 같은 가짜 달콤함이라나 뭐라나.

미래 그룹

주석훈 이상이

천숙의 조카. 미국에서 경영학 학위를 딴 미래 투자 대표.

전 세계를 떠돌아다니는 히피 부모님의 영향일까?
언제나 자유로운 모습의 석훈은 미국 유학 시절, 도희와 볼 꼴 못
볼 꼴 다 본 사이로 천숙의 가족 중 도희가 유일하게 의지할 수 있
는 존재다.
하지만 도희의 곁에 정구원이 등장하는 순간,
마음 깊은 곳에서 무언가가 꿈틀거리는 걸 느끼는데….

주천숙 김해숙

괴팍하지만 미워할 수 없는 우리의 주 여사.

맨손으로 미래 그룹을 일궈 굴지의 대기업으로 만든 창업주로
잘나가는 사업과는 달리 자식 농사는 폭망이다.
독실한 천주교 신자로 매일 하느님께 고해 성사를 하는 그녀는
도희에게 진실을 말하지 못해 괴로워한다.
과연 천숙이 숨기고 있는 진실은 무엇일까?

노석민 김태훈

천숙의 첫째 아들로 미래 전자 대표.

엘리자베스 2세가 최장기간 왕위에 있는 바람에 일흔이 넘도록 2인
자에 머물렀던 찰스 왕세자와 비슷한 처지다. 어렸을 때부터 사고
를 많이 친 탓에 일찌감치 천숙의 눈 밖에 났다. 그 후, 신뢰를 되
찾기 위해 말 잘 듣는 장남 코스프레를 충실히 이행하는 중이다.

노수안 이윤지

천숙의 둘째 딸이자 미래 어패럴의 대표.

프랑스 파리에 미쳐 혼자만의 파리 속에서 사는 그녀를 사람들은 파리 수안이라 부른다. 고상한 척하지만 쌍둥이 아들 오스틴, 저스틴에 의해 항상 본모습이 튀어나온다.

김세라 조연희

석민의 아내이자 미래 전자의 상무.

대한민국을 대표하는 제약 회사의 첫째 딸로 상류층의 전형이다. 온실 속의 화초처럼 사회적 가면을 쓰고 살며, 감정을 쉽게 드러내지 않는다.

노도경 강승호

석민과 세라의 외아들로 미래 전자 본부장.

부모 앞에서는 투명 인간처럼 행동하지만 실은 분노를 억누른 채 위태롭게 살아간다. 그의 뒤틀린 분노는 약자를 만났을 때 가감 없이 드러나는데, 특히 도희에게 적대적인 감정을 대놓고 표출한다.

오스틴 박도윤 저스틴 강다온

수안의 쌍둥이 아들로 별명이 필요 없는, 이름 그 자체가 별명 같은 검은 머리 외국인이다. 고작 1분 차이의 서열을 가리기 위한 싸움에 인생을 낭비하지만 말할 때만큼은 화음이 딱 들어맞는, 세상에 둘도 없는 소울메이트다.

신 비서 (신다정) 서정연

도희의 전담 비서, 풀네임은 신다정.

마치 A.I처럼 보이나 할 말은 은근히 다 하는 캐릭터로 도희 눈빛만 봐도 속내를 파악할 만큼 눈치가 빠르다. 회사에서는 누구보다 도희에게 충실한 월급 노예지만 공과 사가 아주 명확하기에 퇴근 후에는 얄짤없다.
무성으로 사는 게 세상의 평화를 위해서도 좋다며 '무성애자'를 지향하는 신 비서는 쓸데없이 오지랖 넓은 복규만 만나면 으르렁댄다.

한민수 박진우

미래 F&B 홍보팀 팀장

부하 직원 입장에선 짜증 나는 워커홀릭으로 애사심이 상당하다. 그토록 열정적인 그이건만 정미의 카리스마에 밀려 어쩐지 종종 바지 팀장 같은 처지다.
회식 마니아로 언제나 회식하자는 말을 달고 산다.

최정미 이지원

미래 F&B 홍보팀 대리

타로 카드, 사주, 손금, 관상 등 온갖 미신에 심취한 그녀는 무신론자 아닌 '미신론자'다. 숨 쉬듯 타로 카드로 운명을 점치는 정미는 이내 용하다 소문이 나며 사내 전속 점성술사가 되어 버리는데…
한 팀장에게 개기는 맛으로 회사에 다니는 듯한 정미는 시니컬한 언변이 특기다.

이한성 홍진기

미래 F&B 홍보팀 신입

해맑고 눈치 없다. 언제나 문과 출신의 정체성을 잃지 않고 세상의 모든 것을 상징과 은유로 해석하는 그의 꿈은 반전 없게도 소설가다.

진가영 조혜주

본인 피셜 구원의 유일한 반려 인간.

전통 쌍검무가 특기인 가영은 어릴 적 벼랑 끝에서 구원을 만나 그에게 구원 받았다 여긴다. 마치 새끼 오리의 각인 효과처럼 그를 졸졸 따라다니는 가영은 구원의 유일한 반려 인간 역할에 만족하며 살았다. 도희가 나타나기 전까지는.

구원 옆에 도도희라는 저 여자가 붙어 있으면서부터
자신이 간신히 파고들던 구원의 틈이 아예 사라지는 것 같다.

박복규 허정도

선월재단의 실장.

구원의 집사를 자처하며 구원이 인간으로서의 삶을 영위할 수 있도록 돕는다. 구원의 말을 빌리자면, 복규는 불량품 같은 인간이다.
구원과의 전생을 기억하기 때문이다! 200년 전 구원의 첫 번째 계약자였던 복규는 현대에 구원과 다시 계약을 하려다 전생을 기억해 낸다.
치 떨리는 지옥에서의 기억까지 모두 떠오른 복규는 구원에게 달려들며 외친다.
"이 악마 새끼⋯ 내가 너 때문에 얼마나 개고생한 줄 알아?!"
어쩐지 모솔의 향기가 가득한 그는 운명적 사랑을 꿈꾸는 로맨티스트기도 하다.

노숙녀 차청화

길거리 위의 도박꾼 노숙자.

영화 '나 홀로 집에' 속 비둘기 할머니 같은 몰골로 배회하는 그녀는 정신이 오락가락하는 듯 보이는데⋯
구원과 도희의 곁을 맴도는 어딘가 묘한 그녀의 정체는⋯?

마이데몬 MY DEMON

인물관계도

도도희
미래F&B대표

정구원
선월재단 이사장

 | 미래 F&B |

신다정 _서정연
도희 비서

한민수 _박진우
홍보팀 팀장

최정미 _이지원
홍보팀 대리

이한성 _홍진기
홍보팀 사원

| 선월재단 |

진가영 _조혜주
선월재단 무용가

박복규 _허정도
선월재단 실장

| 도희家 |

주천숙 _김해숙
미래그룹 회장

노석민 _김태훈
(천숙의 첫째)
미래전자 대표

노수안 _이윤지
(천숙의 둘째)
미래어패럴 대표

주석훈 _이상이
(천숙의 조카)
미래투자 대표

노도경 _강승호
미래전자 본부장

김세라 _조연희
(천숙의 며느리)
미래전자 상무

오스틴, 저스틴 _박도윤, 강다은
(수안의 아들)

| 도희 가족 |

어린 도희 _김규빈

도희 부 _김영재

도희 모 _우희진

기광철 _김설진

노숙녀 _차정화
도박꾼 노숙자

| 들개파 |

보스 _김범례

넘버투 _정순원

| 형사과 |

박형사 _임철형

이형사 _전석찬

| 그 외
인물들 |

미카엘 신부 _서상원

차태준 _주석태

최우선 _이강욱

동창도 아니고
구 남친도 아니면
얻다 대고 반말?

내 눈에 인간들은 다 하찮거든.

재밌네. 날 이렇게 긴장시킨 인간은 네가 처음이야.

다행이야. 한 사람이라도 재밌었다니. 한참 재밌는 타이밍에 미안한데
신데렐라는 시간이 다 돼서 이만.

이들 중 누구와도 피 한 방울
섞이지 않은 나, 도도희.
그들에게 난 바이러스 같은
존재지만 그들은 쉽게 적의를
드러내지 않는다.

그들의 무기는 바로
'미소'다.

아무것도 믿을 수 없고
아무도 믿을 수 없는 순간…

내가 믿을 수 있는 건
오직…나 자신뿐이다.

가는 곳마다 이렇게 추억이 발길에 차이면
나보고 어떻게 살라는 거야.

좀만 덜 성실하고 덜 부지런하고…
덜 좋은 부모일 순 없었어?

오늘은 이상하게 조용하네.

어디 있을 텐데 오늘의 먹잇감이….

찾았다：

정구원…?
네가 여길 왜…
설마 한패…?

이 남자를 버려야 내가 사는데….
구원. 이게 다 그 이름 때문이야….

나한테 무슨 짓을 한 거야.

너… 뭐야. 도대체 정체가….

구원은 파괴의 잔해 속에서 이뤄진다.
나를 둘러싼 익숙한 세상이 무너지고 평범했던 모든 것이
더 이상 평범하지 못한 그 파괴의 순간.
위태로운 내 인생에 박치기해 들어온 이 남자.

누구보다도 낯설고 수상한 나의 구원.

내 손목이거든?

내 타투거든?

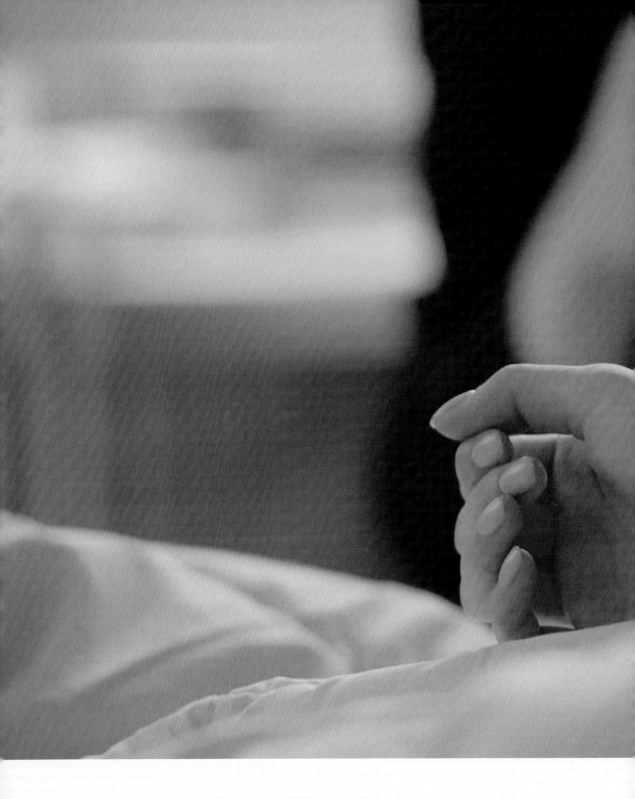

뭐야? 후유증이 심각하다더니
멀쩡하다 못해 빛이 나네.

나한테서 빛이 났어?

나한테 바라는 게 뭐야?
후유증이니 뭐니 거짓말까지 해
가면서.
또 무슨 계약 같은 소리 하려는
거면….

계약은 이제 됐어. 우리 사이에
더 이상 계약 따원 중요하지 않아.

우리 사이?

후유증은 진짜야. 생업에 지장이
될 만큼 아주 심각하다고.

증상이 어떤데?

아무것도 못 하겠어. 너무도
무기력하고 더 이상 예전의 내가
아닌 것 같은, 난생처음 겪는 아주
낯설고 이상한 기분이야.

그런 건 정신과를 가야지. 날
찾아오면….

아니. 너만이 해결해 줄 수
있어. 네가 내 후유증의
이유니까.

하느님… 저에게 용기를 주세요
진실을 마주할 용기를….

정구원….

남의 소중한 걸 지녔으면
책임감을 좀 가지지?

너 내 경호원 하자.

타투가 사라진 것도 아니고
그 여자 손목에 잘 보관돼 있잖아.
그냥 무턱대고 물에 빠진다고
타투가 돌아오진 않겠지?
잃어버릴 때와 똑같은 조건이어야 하는 거지.
장소, 온도, 날씨 등등 조건이 맞는 상황에서
물에 빠지면 바로 돌아올 거야.

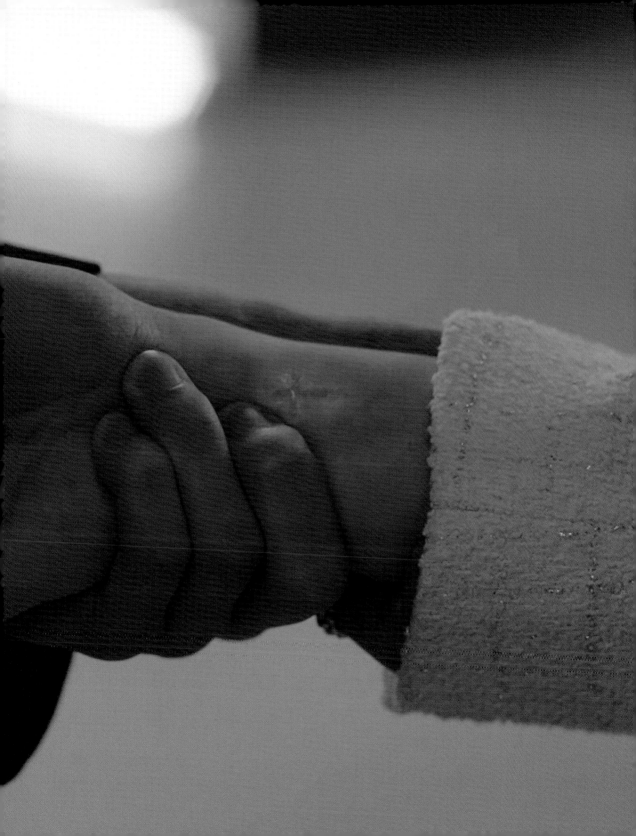

정구원 씨. 나랑 해요, 결혼.

나는 오늘 이 남자에게
내 인생 최고의 배팅을 한다.

싫은데.

최악의 베팅이었다.

구원이니 사랑이니 행복이니…
이 세상에는 없는데 인간이 너무 간절히 원해서
만든 인공 감미료. 달콤할수록 건강에 나빠.
그중에서도 제일 나쁜 게 뭔지 알아? 행복.
인간은 행복하려고 애쓰느라 불행해지거든.
그래서 난 행복해지려고 애쓰지 않아.

행복이 인생의 목표도
아니면 뭐 하러 그렇게
빡세게 살아?

그냥 습관. 부모님 돌아가시고
달리는 기분으로 살지 않으면
잡아먹힐 거 같았어.
슬픔, 죄책감, 자기 연민… 그런
것들에. 그러다 보니까 습관이
됐어.

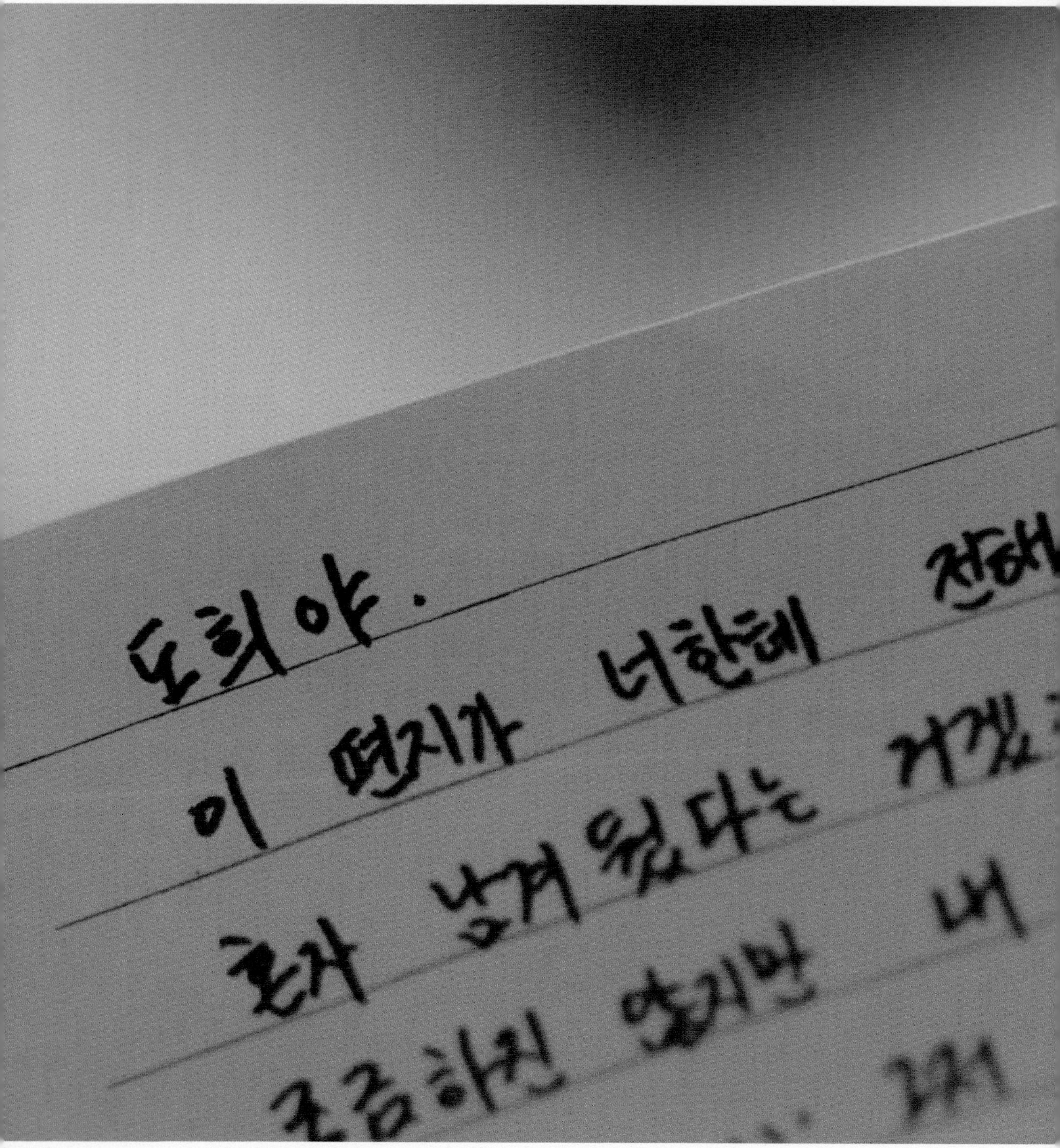

도희야.

이 편지가 너한테 전해

혼자 남겨 있다는 거겠

조금하진 않기만 내

...다는걸　내가　별　모아서

나의　틈이　어떨지　별로

...든 만큼은　너에게　상처로

...　장난처럼　가볍게　넘길수

...

좋을 때다~ 좋은 시절은 잔인할 만큼 짧은 법이지.

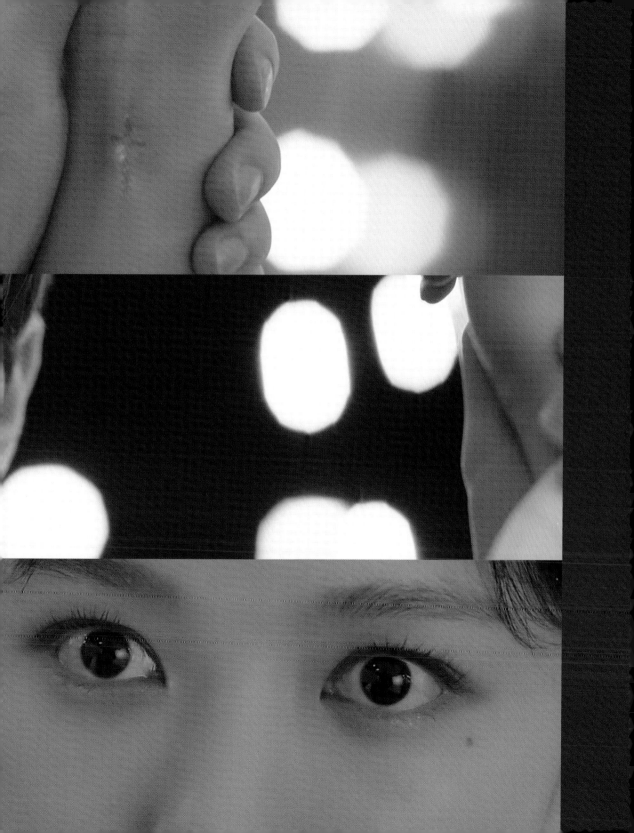

당신 뭐야!

당신이야말로 뭐야?

도둑이야?

도둑이라면 나보다 그쪽이 더 어울리는 비주얼 아냐?

그쪽도 그렇게 평범한 비주얼은 아니거든?

남의 물건에 함부로 손대는 건 무슨 예의야?

뭐 일기라도 돼? *싸질하신….*

내가 뭐 잘못했어?

아니.

그럼 니한데 왜 이래?

내가 너한테 친절해야 할 이유도 없는 거 같은데.

…

뭐 더 할 말 있어?

아무래도 내가 실수한 거 같네. 귀찮게 해서 미안해.

정말 저딴 놈이랑 결혼할 거야?

검사잖아. 지금 난 재벌가에 칼을 댈 수 있는 내 편이 필요해.

아무리 그래도 저놈은 진짜 아니지.

네가 무슨 상관이야.
누구든 상관없어. 어차피 진짜 결혼도 아닌데.

도도희⋯
정구원⋯

괜찮아, 도도희. 이제 다 끝났어.

달라…. 전혀 다른 사람이야.

그러네. 널 죽이려던 놈하고는 완전히 다른
얼굴이야.

그 결혼 나랑 하지.

생각할 시간이 필요해.

드레스가 왜 그 모양이야.
좀 더 우아할 순 없었어?
아무리 비즈니스 결혼이래도 비서 보고
웨딩드레스를 고르게 하다니…
그래도 명색이 네 결혼식인데
뭐든 네 취향이 묻어나야지.
취향이 사람을 만든다니까.

잔소리는.
그런 식이면 어디서든 왕따예요.

거긴 지낼 만해?

내가 어딨는 줄 알고?

글쎄… 부자는 천국에 못 간다니까
천국은 아닐 거고 지옥을 가기엔 알고
보면 사람이 쫌 괜찮고…
정말 어디 간 거야, 주 여사… 나 혼자
여기 두고.

네 기억 속.
내가 갈 데가 거기 말고 또 어딨어.

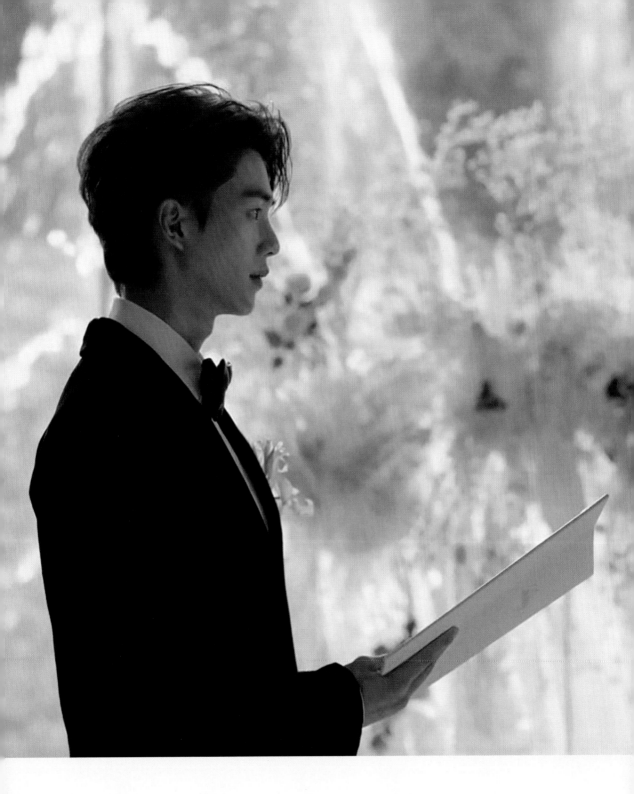

갑과 을은 이상적인 부부의 모습을 대외적으로 완벽하게 연출한다.

단둘이 있을 때는 각자의 사생활을 존중하고 서로의 공간을 침범하지 않는다.

서로의 목표에 최선을 다해 협조할 것이며…

계약의 종료는 두 사람의 목표가 모두 달성되는 시기로 한다.

당신의 옆자리를 묵묵히 지키며
최선을 다해 당신을 위하겠습니다.

당신의 지금 모습 그대로를
인정하고 존중하며 사랑하겠습니다.

바로 잘 거야?

안 자면 뭐 하는데?

자야지. 밤인데.

그니까. 아~ 졸려 죽겠다.

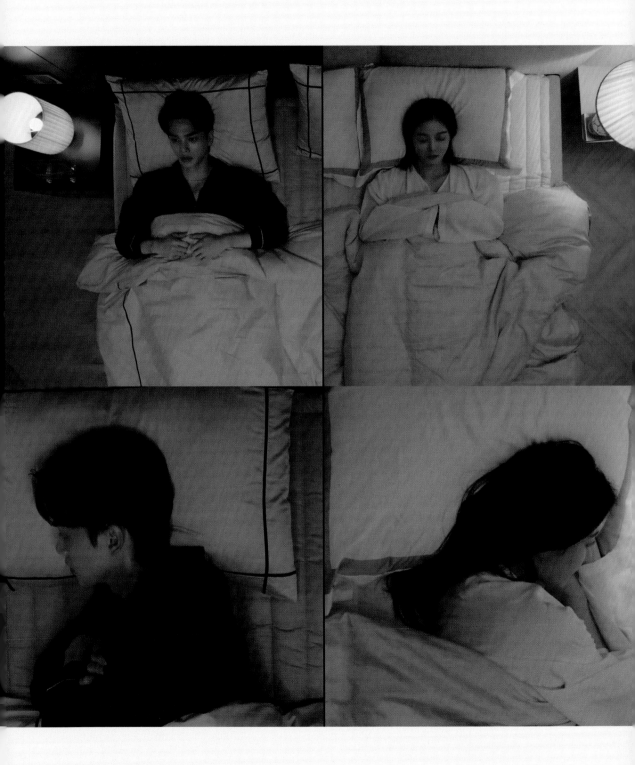

잘 자 정구원.

잘 자 도희.

아침부터. 꼬라지가 왜 그래?
왜? 눈 뜨자마자 너무 이쁜가?

500원 동전 전용

증명사진 사이즈

● 반명함 30x40mm
● 여　권 35x45mm
● 비　자 50x50mm
● 대　형 50x70mm

⚠ WARNING

감시카메라 작동중

… 미행하려면 얼굴을 가려야 한다길래.

덕분에 안 들켰네… 갑자기 이동은 왜 안 돼 갖고….

접촉이 불량했나… 뭐가 문제였지?
아, 정신 사나워.
그래! 그러고 보니 그날도 그랬어.
능력을 잃어버린 날.
갑자기 능력이 말을 안 듣는 바람에
내가 차에 치였고
그래서 타투가 너한테 넘어간 거야.

전화 안 한다 이거지? 그래. 그럼 그냥 차에서 살지 뭐.

여기가 집보다 훨 낫네.

지하라서 안 터지나?

오~ 여기. 여기가 신호가 빵빵한 게….

정구원 씨랑 도희… 둘 사이엔 내가 모르는 비밀이 많나 봐요.

특별한 사이니까.

정구원 씨 인간 아니죠?

무슨. 누가 봐도 지극히 인간적이잖아.

혹시 뱀파이어예요?
앞으로 난 정구원 씨를 예의주시할 생각이에요.
그리고 만약 정구원 씨가 도희에게 해가 되는 존재라고 밝혀지면…
그땐 가만있지 않을 거예요.

가만있지 않으면?

비밀을 파헤쳐야죠. 그리고 세상에 알리고.

결국 해가 지고 나서야 들어오신다?

아직 안 잤네?

네가 연락도 없이 안 들어오는데 어떻게 자?

지금 나 걱정한 거야?

이렇게 한다고
능력 깜빡거리는 게 괜찮아질까?

뭐든 해 봐야지.

계약할 때가 돼서 그런 거 아냐?

자연 발화 기미는 안 보여.
이동하느라 능력을 많이 써서
그런 건지도.

아껴 써야겠네.

넌 신경 쓰지 말고 자.

난 원래 누가 옆에 있으면 못 자. 너나 자.

데몬은 잠 같은 거 안 자도 돼.

그럼 그냥 밤새지 뭐.

곧 사라질…
불합리하고 불필요한 삼성….

무슨 일이니? 여기까지.

결혼 축하 선물이 너무 분에 넘쳐서요.

구가 자리에 그렇게 끄음 베이니
날 떨어뜨리려는 목적 앞에서 기업 이미지고 뭐고 없네요?

아.
죄송합니다.
많이 아플 텐데.

이제 네 심장은 반으로 쪼개질 거야. 잘 익은 사과처럼.

도도희….

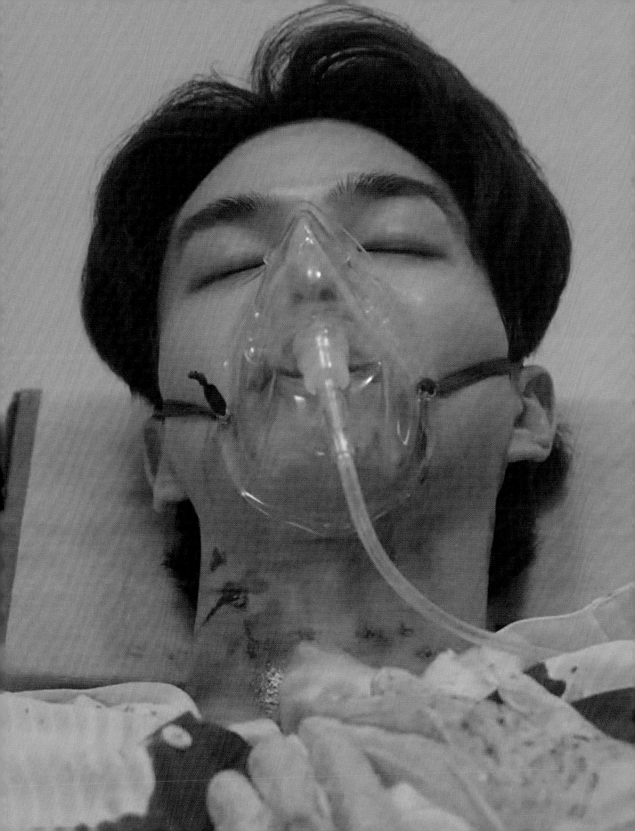

늦었어, 내가… 내가 너무 늦어 버렸어.
넌 날 항상 지켜 줬는데 난 널….

결국 살렸네. 그게 제 목을 겨누는 칼이 될 줄도 모르고.

어때?

충전이 팍팍 되는 기분이야.

충전 때문에 진짜 어쩔 수가 없다.

오늘 회사 가지 마.

안 돼~

너 대표잖아. 내가 죽다 살아난 기념으로 오늘을 창립 기념일로 하는 건 어때?

넌 쉬어.

그럼 오 분만… 딱 오 분만 더 충전하자.

주 여사. 나… 계속하는 게 맞을까?

정구원은 아무 상관없는 싸움이잖아.

그런데 내 복수심 때문에 죽을 뻔했어.

이렇게 다른 사람까지 희생시켜 가며 복수하는 게 과연 옳은 걸까?

도희야.
널 위한 선택을 해.

네가 아끼는 사람을 위한
것도 널 위한 선택이야.
널 위한 선택이
날 위한 선택이야.

말해, 이제. 도대체 이유가 뭐야?

다 지겨워졌어.

고작 그게 이유야?

계속 이렇게 불안과 공포 속에서 살 순 없잖아.
남들처럼 맘 편히 살고 싶어
나 혼자 밤거리를 다녀두 아무 일 없던
일상으로 돌아가고 싶다고.
그래서 날 노리는 이유를 없앤 거뿐이야.

아니. 거짓말이야. 나 봐.
그리고 진짜 이유를 말해.

이제 널 못 믿겠어.

뭐?

넌 더 이상 날 지켜 줄 수 없어.
지금은 너 자신조차
지킬 수 없을 만큼 약하니까.
이제 답이 됐어?

나만 놓으면 돼. 그럼 모두가 행복해.
나… 더 이상 내 사람을 잃고 싶지 않아.
더 이상은….

미안해, 주 여사…
내가 너무 미안해….

다시 해. 나 때문에 포기한 거면
다시 하자고.

널 위한 선택을 해, 도도희.
그게 너를 위한 거니.

223

널 향한 마음이 나를 하찮고 나약하게 만들지라도….

거역할 수 없는, 너라는 운명.

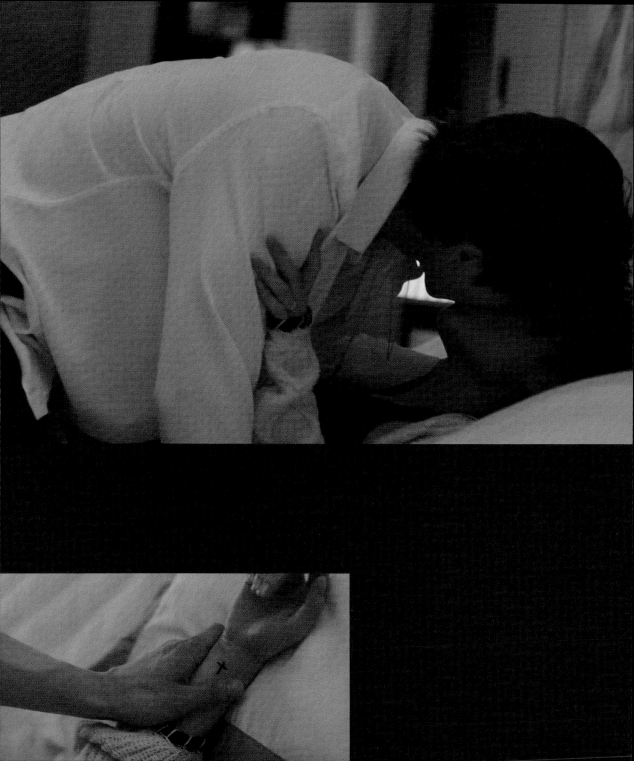

얼굴 좀 보여 줘.

싫어.

왜?

몰라. 갑자기 좀… 부끄러워.

나가자. 나 배고파.

아침엔 핸드 드립 커피 한 잔이면 충분하다더니?

그러게. 인간이 다 돼서 그런가?

땡땡이치니까 좋다~

회사 가는 거 좋아하는 줄 알았는데.

나도 그런 줄 알았어. 악마의 유혹에
빠지기 전까진.

블루스를 출 땐 상대에 대한 신뢰가 중요해.

이제 이 노래는 우리 거야.

이렇게 걱정 없는 아침이라니… 오랜만이네.

절대 안 돼. 사인하지 마.　　　　　　　　　　　　이미 끝난 일이야.

누구 맘대로. 지금 당장 너 죽이려던 놈 잡아서 배후 밝혀내자. 다시는 너한테 이상한 짓 못하게 확실히 끝맺자고.

드디어 제 여정이 끝났네요. 예상과 다른 결말이긴 하지만…
때로 우리는 이유도 알지 못한 채 무언가에 모든 걸 걸기도 하죠.
그 여정이 끝나고 나면 비로소 그 이유를 알게 될 지도요.
그럼 내 여정의 이유는 뭘까요?

글쎄요…

행복에 취해서 해롱거리는 건 인간의 의무라고!

오케이~ 우린 술이 아니라 행복을 마시는 거야!

무슨 술을 이렇게 마신 거야?

나 기분이 너어~무 좋아. 너무 홀가분하고
너무 자유롭고 너무 행복해.

뭐든 열심히 하는 도도희. 포기도 너무 열심히 한다니까.

으아~ 머리 아파 죽겠어.
별일 없었지? 내가 주 여사한테 술을 배워서
술버릇 하난 깨끗하거든.

주천숙 그 노인네를 내가 진짜….

응? 시계가 왜?

멈췄어.

너… 정체가 뭐야…?

뭘 그렇게 놀라? 네가 할 줄 아는 건
나도 할 줄 알아. 내가 준 능력이니까.

네가… 신이었어?

뭐 그렇게도 부르지. 누군가는 날 우주라고 부르기도 하고
누군가는 날 시간이라고 부르기도 해. 왜 그런 얘기가 있잖아.
신은 모든 곳에 있고 모든 것에 깃들어 있다.

알았으니까, 내 능력이나 돌려줘.

그건 나도 못 해.

내가 주긴 했지만 내가 뺏진 않았거든.

혹시 계약을 안 해서 그런 거야?
지금이라도 계약을 맺으면 다시 능력이 생기는 거냐고.

계약해도 소용없어.
맞지 않는 몸에 능력이 들어 있으니
점점 사그라들다 사라지는 건 당연하지.

그럼 난….

그래. 넌 점점 죽어가는 중이야.
그 여자가 죽으면 돌아와.

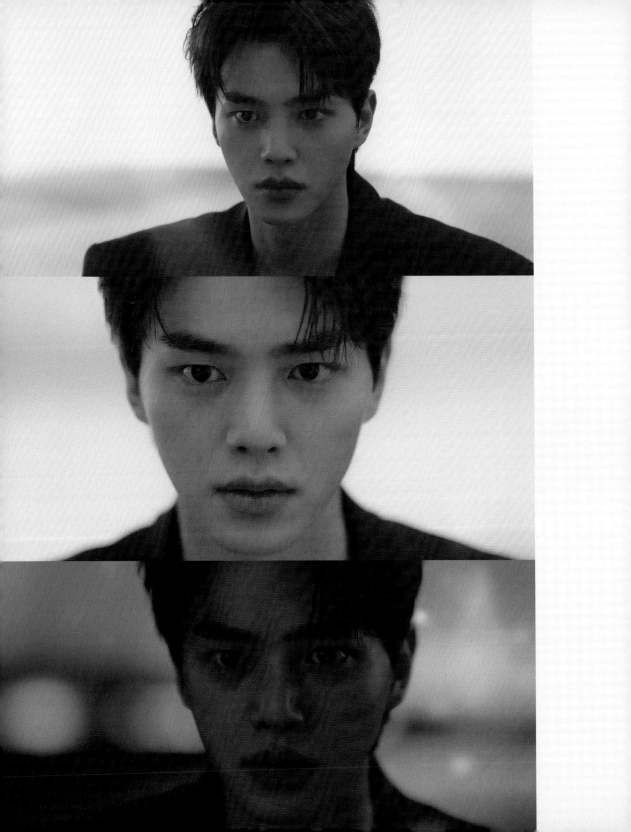

다른 방법은 없는 거야? 우리 둘 다 살아남을 방법.

안타깝지만 없어. 보름달이 뜨면 룰렛은 멈추고 승부는 날 수 밖에.

세상은 의외로 대충 돌아가. 너흰 선택을 했을 뿐이고 룰렛은 저절로 돌아가지.
그게 세상이 돌아가는 이치야.

이게 다 뭐야?
나 케이크 만들었어.
할로윈은 이미 지난 걸로 아는데.

너 생일이 언제야?
없어. 그런 거.

그래? 네가 하도 크리스마스 부러워하길래
생일 케이크 만들어 주려고 연습한 건데.
그럼 뭐라고 쓰지? 메리 데몬은 이상하고…
그냥 이름이나 써야겠다.

내 선택은 끝까지 발버둥 치는 거야.

인간이 다 됐네. 부질없는 걸
알면서도 발버둥 치고.

절대 그럴 리 없다니까.

그러게. 이런 게 인간이었지⋯
나랑 내기할래?
내가 능력을 되찾고 도도희도
살면 네가 지는 거야.

내가 말했지?
절대라는 말은 함부로 하는 게 아니라고.

인간들은 항상 저렇다니까…
안쓰럽게도.

만약 내일 지구가 멸망한다면 넌 뭘 하고 싶어?

난 그냥 너랑 집에 처박혀서 게으름이나 피울래.

오늘 밤 타투가 돌아오지 않으면 이사장은 죽어요. 하지만 당신이 죽으면 이사장에게 타투가 돌아오죠.

도도희….
속초 가자.
…

무슨 수를 쓰든 타투 돌아오게 하자.
우리가 어떻게 살아남았는데
이렇게 시시하게 죽어 버릴 순 없어.
바다에 백 번을 빠지든 천 번을 빠지든
내가 꼭 타투 너한테 돌아가게 만들 거야.
내가 무슨 짓을 해서라도 꼭….

나도 무슨 짓이든 할게. 타투 꼭 돌아오게 하자.

그러고 보니 너 이제 생일 생기네~

완벽한 데몬으로 다시 태어나잖아. 어쩐지 케이크를 만들고 싶더라니.

이번엔 제대로 만들자. 네 생일 케이크.
기분이 괜찮네. 생일이란 게 생기는 것도.

나 계산 좀 하고 올게.

그게 뭔데?

엽서. 중요한 날인데 기념해야지.

끝나고 축하 파티하게 내 생일 케이크도 사지?

적당한 게 있으려나~

우리에게 만약 가혹한 선택의 순간이 온다면…
나의 선택은 너야.

나를 잃는 것보다 사랑하는 사람을 잃는 게
더 지옥인 걸 아니까.

이런 나의 선택을 원망하지 않기를.
내가 아는 지옥을 너에게 선사하고 가는 나를
부디 용서해 주길.

인간은 결국 하나를 잃고
하나를 얻는 선택을 하게 되지.
원하든 원하지 않든.

그게 인간의 숙명이야.

정구원….

도도희.

어떻게….

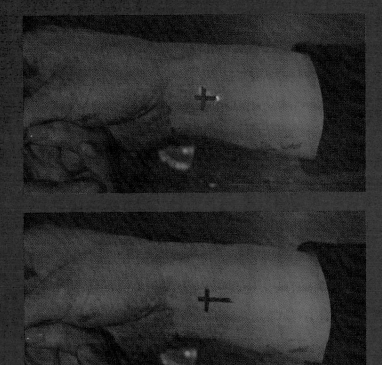

타투가 돌아왔어.

이게… 되네?

오늘도 역시 난 대단해.

그래. 이 맛이야. 하찮은 미물들을 내려다보는 완벽한 데몬의 삶.

상위 포식자만이 누릴 수 있는 이 여유. 본래의 나로 돌아온 이 기분이란…

오늘도 인간들은 여전히 하찮군.

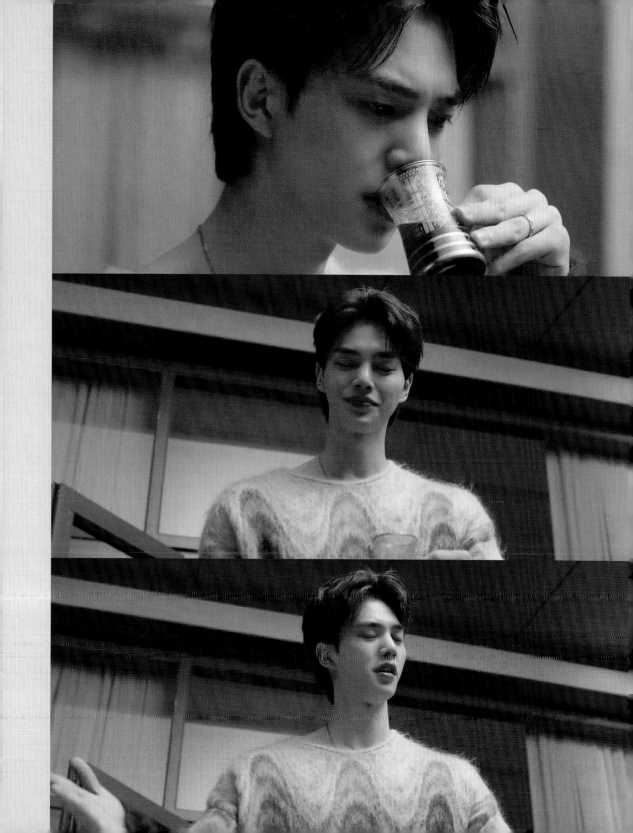

어디가?

계약하러.

이제 진짜 모든 게 원래대로 돌아왔네.

내가… 울어?

난 운 게 아니야. 이건 그냥 눈에서 땀이 난 것뿐이라고.

이백 년 동안 하품을 하면서도 눈물을 흘린 적 없는 내가 우는 게 말이 돼?

월심아!

내 나를 잊을지언정 너는 절대 잊지 않겠다.

우리 가족사진이야. 볼래?

넌 없는데?

난 여기. 엄마 배 속에 있어.

아….

부모님 돌아가시던 날. 그날은 내 열한 번째 생일이었어.

소원 접수했어. 난 무슨 일이 있어도 절대 널 떠나지 않을 거야.

정구원 씨. 도희 사랑해요?

악마가 하는 말 따위 믿을 수 있겠어?

믿어 보려고 애쓸게요.

난 원래 인간을 싫어해. 아니 극혐에 가깝지. 인간들은 한심하고 하찮고 비굴하거든.

도희도 인간이에요.

맞아. 그래서 덕분에 인간들이
조금은 사람스러워졌어.

도도희였어. 내가 도도희 널 죽였어.

이상한 사람이 아니니 놀라지 마십시오.
내 이름은….

서이선. 이 마을에서 그 이름을
모르는 이는 없죠.

하. 내가 마을에서 좀 유명하긴 하죠. 헌데
낭자의 얼굴은 영 낯선 것이 외지에서
오셨나 봅니다. 아니라면 내가 이런 미인을
모를 리가….
물론 여인들과 말 한마디 나눌 시간도 없이
학문에 열중하다 보니 제가 모르는 걸 수도.

그런가요? 듣던 소문과는 다른데.

무슨… 소문?

이 고을 최고 명문가의 삼대독자로
공부에 영 뜻이 없고 일찍이 병으로
어머니를 잃은 탓에 안쓰러워
대감께서도 잔소리를 못 하니 한량도
그리 팔자 좋은 한량이 없다고.

저한테 관심이 많으시군요.

낭자는 저에 대해 이리 다 꿰고 있는데
저는 낭자에 대해 아는 것이 하나
없다니.

낭자의 이름은 뭡니까?

미안하오!
지난번엔 그저 낭자의 얼굴을
보고 싶다는 생각에 찾아갔는데
실례를 하였다면 사과합니다.

무엇이 실례입니까?

무언지는 모르나… 왠지 그런 기분이 들어서.

이유도 모르는 사과는 하지 마셔요.

연모한다, 월심아.
너도 나와 같은 마음인 줄 알았는데….

이제 꿈에서 깰 시간이군요.
인간이 지닌 것 중 가장 어리석은 것이
바로 연모라는 감정입니다.

제가 한양에서 쫓겨나게 된 날, 춤을 추지 못한 이유가 있을 거라 하셨죠.
그날은 제가 아끼던 친구가 스스로 목숨을 끊은 날입니다.
그 친구는 사대부 도련님과 연모의 정을 나누었죠.

내가 보여 주겠다!
연모의 마음이 사람을 살린다는 걸.

만약 나락으로 떨어지는 걸 막을 수 없다면
기꺼이 너와 함께 떨어지겠다.

내 나를 잊을지언정 너는 절대 잊지 않겠다.

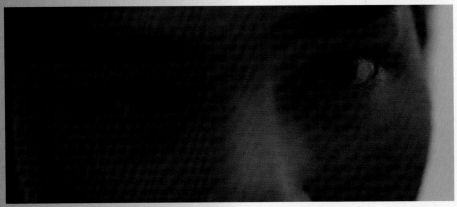

잔인한 시절이 왔다.
잔인한 시절은 희생양을 필요로 했고…

내 사랑이, 내 믿음이 그녀를 죽게 했다.

당신이 있는 곳이 천국이라면
난 가지 않겠어.

난 데몬이야. 인간을 불행하게 만들고 지옥으로 이끄는. 그래서 두려워⋯ 나 때문에 네가 불행해질까 봐.

너 없인 난 이미 불행해. 만약 어떻게 해도 불행하다면 함께 불행하자 우리.

도도희와 전생의 불행을 반복하고 싶지 않아.

어떻게 하면 돼?

도움을 청하는 건가?

아니. 어차피 도와주지도 않을 거잖아.

글쎄. 미리 막을 수 있다면 그건 이미 불행이 아니겠지.

불행이 있어야 행복도 있는 거야.

인간은 행복하기만 하면 그게 행복인지 모르거든.

행복도 가끔은 독이 되는 법이지.

도도희. 일어나.
너 좋아하는 집밥 먹자.

뭐? 집밥?
집밥이… 어디?

기억하고 있었던 거야? 내가 집밥 먹고 싶다고 한 거?

당연하지. 네가 한 말은 다 기억해.

난 도도희를 행복하게 해 주고 싶은데 도도희는 행복에 늘상 죄책감을 느껴.

죄책감일 수도 있고 불안감일 수도 있고…
도희는 부모님 돌아가시기 전의 몇 년이 인생에서 가장 행복했던 때라고 말했어요.
행복의 적정에 불행이 찾아왔으니 어쩌면 도희는 행복이 무서운 건지도 모르겠네요.

선씨를 물 수 있으니만 좋은 댄데
내가 해 줄 수 있는 건 고작 이것밖에 없네.

정구원….

응?

그냥. 뒤에 있나 해서.

이렇게 안고 있는데?

그래도.

신부님. 저는 천국에 못 가겠죠….
그런데 전 지옥에 가는 것보다 다른 게 더 무섭네요.
그 아이에게 용서 받지 못할 게….

지옥은 자매님의 마음속에 있습니다.
이제 진실을 털어놓고 자신을 놓아주세요.

진실….
제가 만약 죽기 전까지도 용기를 내지 못한다면…
그리고 도희가 진실을 알고 싶어 한다면…
신부님이 알려 주세요.

어쩐지 기분 나쁜 인간이야….

두고 보세요. 회장님 뜻대로는 절대 안 될 겁니다!

뭐래?

역시 노석민 말은 거짓말이었어.

그런데 표정이 왜 그래?

잠깐이라도 주 여사를 의심한 게 미안해서.
집에 가자.

아빠는 무슨 소원을 빌었을까?
주 여사와 함께 만든 성공이 실은 아빠의
소원 덕분인 걸까?

나 알아야겠어. 아빠의 소원이 뭔지,
정구원과의 계약이 아빠에게 어떤 의미였는지.

어쩌면 정구원이 아빠의 삶을
구한 건지도 모르잖아.

네 말이 맞았어. 난 결국 도도희를 불행하게 할 뿐이야.
이게 내 본성이니까… 어쩔 수 없는 거지?

비단 데몬이어서 그런 게 아냐.

원래 인간들은 서로가 서로에게 지옥이지.

걸을까?

춥진 않아?

응.

도도희, 우리….

우리 크리스마스트리 만들다 말았는데… 오늘 완성할까?

그때 못 먹은 커플 세트 먹으려면 미리 예약해야겠다.

벌써 예약 다 찼으면 어떡하지?

아무래도 크리스마스는 같이 못 보낼 거 같아.
지옥에서 너 자신을 구해, 도도희.

나 잠시 떠나 있을 거야. 그동안 선월극장 잘 부탁해.

얼마나 떠나 있는데? 일주일? 한 달?

도도희가 나 없는 해피 엔딩을 맞을 때까지.

쌀쌀한 바람이 불기 시작하고 추운 겨울이 시작되는
10월에 이미 땅속에선 봄이 시작된대.
그런데 그 말은 벚꽃이 피는 아름다운 봄에
땅속에선 이미 겨울이 시작된다는 말이기도 하더라.
너와 함께 행복했던 순간에도 어쩌면 이미 우리의 이별은
시작되고 있었던 걸까?

대표님?
저도 이혼하고 처음엔 일로 도망쳤어요.
몇 날 며칠을 일 못하고 죽은 사람처럼
일에만 매달렸죠.
그땐 무조건 괜찮아야 하는 줄 알았거든요.
괜찮은 척하면 진짜 괜찮아질 줄 알았고.
그런데 그렇게 그냥 도망치기만 해선
시간도 그닥 약이 되지 않더라고요.
충분히 아파하고 힘들어하고…
그렇게 내 감정에 솔직한 시간이어야
약이 되더라고요.

선 사람이 꼭 괜찮을 필요는 없다고
생각합니다.
항상 괜찮을 수도 없고.

박 실장님….

이 시간에 여긴 어떻게….

정구원이 너무 보고 싶은데 여기밖에 생각나는 데가 없는 거 있죠.
멀리서라도 보고 싶은데… 우연히라도 마주치고 싶은데…
어디로 가야 될지 모르겠어요. 난 정말 정구원에 대해서 아는 게
하나도 없어요.
떠날 때도 난 아무 말도 못 해 줬어요.
고맙다는 말도 미안하단 말도. 가지 말라고, 떠나지 말라고
붙잡았어야 했는데…

내가 떠나보낸 거예요. 사랑할수록 괴로워서…
그래서 내가 손을 놓은 거예요.

미련은 없습니다. 어차피 죽으려던 목숨. 다만 한 번만…
마지막으로 한 번만 도련님의 얼굴을 볼 수 있다면….

도련님이 날 잊게 해 주세요.
도련님이 괴로워하지 않도록.
나와의 기억이 고통이 되지 않도록.

내가 월심이었어…
죽으려던 나를 이선이 살린 거였어….

악마 새끼 불러. 네가 위험해지면 오잖아.

이제 안 와. 정구원은 이미 날 떠났어.

도도희….

정구원….

보고 싶었어,
도도희.

나도… 나도 너무
보고 싶었어.

설마… 날 살린 거야?

아니. 날 살린 거야.

안 돼.

도도희….

가지 마… 가지 마, 정구원!

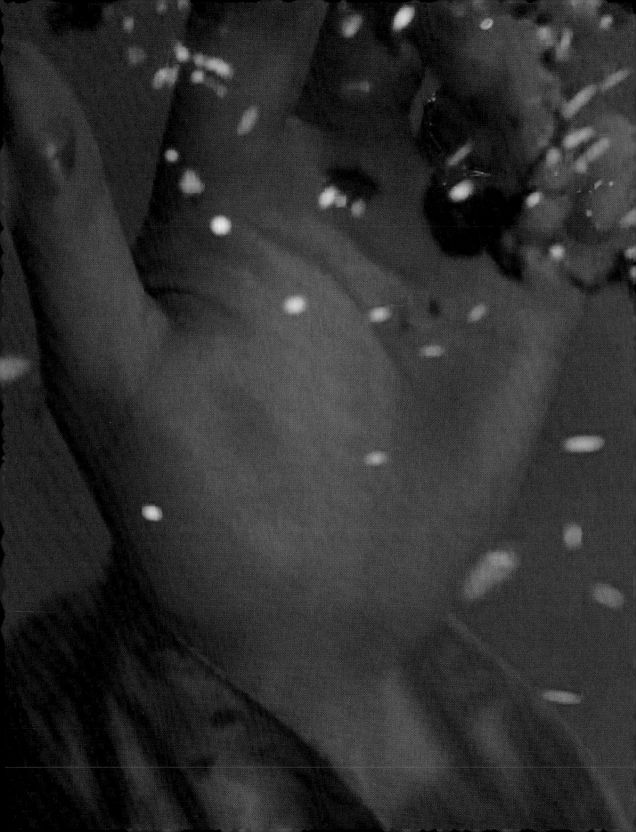

결국… 그런 선택을….

메리 크리스마스, 정구원.
너랑 같이 보낼 줄 알았는데 네가 없는 크리스마스라니…
네가 죽으면서 내 안의 뭔가도 죽어 버린 것 같아.

나랑 계약하자, 내 소원은 네가
돌아오는 거야.

정구원….

여긴… 지옥이야?

지옥이라도 상관없어. 너만 있으면.

이거 꿈은 아닌 거지? 나 죽은 거야?

꿈도 아니고 죽은 것도 아니야.

메리 크리스마스, 도도희.
내가 돌아왔어.

아직도 믿기지가 않아.

네가 없는 세상이 너무 끔찍했어.

나도. 네가 없는 곳이 나한텐 지옥이야.

아….

날 울게 한 인간은 너희들이 처음이야.
나에게 연민이 있었다면 난 미쳐 버렸을 거야.
세상엔 너무 안쓰러운 생명들이 많거든.
그래서 그런 인간적인 감정 따위 나에겐 더 이상 없다고
생각했는데…
네 말이 맞았어. 절대라는 말은 함부로 하는 게
아니더라고.

네 말도 맞았어. 불행이 있어야 행복도 있다는 말.
이제 좀 알 것 같아.

이제 내기에서 남은 건 없는 거야.

당신이 도박에 재능이 없는 게 다행이네.

허? 내가? 나 그때 딱 한 번 진 거야. 다시 해.
이번에 내가 이기면 아주 영원히 소멸시켜 버릴 줄 알아.

싫어. 인간들하고 부대끼며 사는 게 너무 좋아졌거든. 너도
아직 일꾼이 필요하잖아.

나같이 성실한 일꾼이 또 있을 거 같아?

흥. 데몬엔 네가 딱이긴 하지.

주 여사… 그래서 그렇게 나한테
결혼하라고 한 거야?
주 여사가 버리면 내가 또다시 혼자가
될까 봐? 나한테 말하지 그랬어.
그랬으면 말노 더 이쁘게 하고 내가 더
많이 사랑했을 테데….
몸속에 피 대신 빵이 흐른다더니…
정말이네.

이제 걱정 마, 주 여사,
나도 내 편이 생겼으니까.
알았지?

469

미움과 불행의 포화 속에서 우리는 끊임없이
서로를 상처 입히고 영혼을 파괴한다.
하지만 그럼에도 불구하고 우리의 삶이,
이 세상이 계속되는 것은
서로에 대한 신뢰와 사랑으로 서로를 구원하는
이들이 더 많기 때문이 아닐까.

우리 모두는 서로에게 파괴자이자
구원자이다.

스탭 크레딧

기획	스튜디오S
제작	한정환 김동현 전규아
책임프로듀서	이광순
프로듀서	이재우 윤건희 안영인
극본	최아일
연출	김장한 권다솜

A팀

촬영감독	박성용 박임환
포커스	김윤진 방종건
촬영팀	방준석 김동휘 김태연 신준익 김민현 김종혁
조명감독	류근형
조명팀	정사무엘 조상현 서수민 김민혁 양은혜
발전차	강민철
동시기사	김민수
동시팀	양현민 강대호

그립팀장	박인혁
그립팀	안인천 전동균 강신욱 주민섭
보조출연	김태영 선율우

B팀

촬영감독	정재아 최종만
포커스	조영준 이정진
촬영팀	김희원 김원석 김원석 이지윤 장주영 김한종
조명감독	황경석
조명팀	박수남 김기태 강현석 장성진 김성주
발전차	김현식
동시기사	김수근
동시팀	서현종 김진아
그립팀장	김대홍
그립팀	김영훈 박정현
보조출연	표경훈 표경인
무술감독	임승묵 황유현

무술팀	이용문 조아라 최재옥 김선간	이역캐스팅	김선아
미술	[SBS A&T]	외국인캐스팅	노지은 김송이
미술감독	김세영	스틸	송현종
세트 디자인	김보미 임우정	포스터	[생각공장] 장영은 원종우 이주빈
세트 진행	김성광 서우빈		손수연
스튜디오 세트	김형관 홍준호	대본	[슈퍼북]
야외세트	이상목 이민호	카메라렌탈	[procam] 안진석
작화	김지영 손상운	렉카	임선근
전기효과	정기석 오영일	지미집	[삼각관계] 정석원 김종윤
미술행정	최연현	항공촬영	[부엉이픽쳐스]
세트협력	신종옥 진종성 김형남	파일럿	남기혁 전배원 박무진
스튜디오조경	거풍	오퍼레이터	현일 안우현 최원진
외상디자인	김민경 김소연	A팀 스탭버스	[하나전세] 이휠수
의상	유복남 이향봉 김유경	B팀 스탭버스	[서해관광] 박치완
팀코디	김미랑	연출차량	정재훈 강희영
의상 차량	이재범 홍창섭	A팀 카메라차량	강현구 배상욱
특수분장	손희승 조성준	B팀 카메라차량	박진수 김영진
분장	홍찬희 손다혜 송가연	제작차량	신경식
미용	김은희 박민정 서채란	보조출연차량	[초록미디어] 강학구
분장차량	권영각	특수소품차량	[카해피] 김영동 임선근
소품	[Deco.LAB] 정화연	종편	박정식
소품 진행	허경두 길보람 서보균 서연란 김선영	DI	[DEXTER THE EYE] 이정민
푸드스타일리스트	강민희	Colorist	이정민
인테리어	정대호 이다희 지소연	Assistant Colorist	유성민 채가희
소품차	정윤성	사운드	[사운드인스튜디오]
특수소슈	[율아ㄴ] 엄세용	사운드 슈퍼바이저	조계환
특수효과	[디엔디라인]	사운드 녹음	김형태 허대호
특수효과 디렉터	도광섭 도광일	사운드 편집	김소연 조은영
특효뒷깃	여승규 빌미	사운ㄷ 9ㅏ	김용배 임슐용 임종구
특효팀원	이서호 이승학 김준형	사운드 폴리	박현일VFX [SBS A&T]
캐스팅디렉터	추연진 이영섭	VFX Supervisor	이민재

2D Composite-Team	박수연 박찬혁 현창수 조유정 감나경 이종은 강혜리 김예지 오정화 유동현
3D-Team	유민근 제성경 이진우 김지연 오가희
FX-Team	이광희 임철수
Motion-Team	서주원 김지민
MatchMove	장지은
Project Manager	고정인
Td	정한길
Management-Team	최찬 채다연
협력업체	[나인컨셉스튜디오] [릭스플럭스] [벨 루카스튜디오] [라온스튜디오] [도담스튜디오] [오빗스튜디오] [메드픽쳐스] [엠스타이미지웍스] [레플리카]
편집	[BOUBOUWORKS] 박인철 신숙
편집보	박수인 안보은
음악감독	박세준
작곡	[재미난 생각] 김동혁 이 념 송재경 우지훈 나윤식 나상진 김태환 류희현 황승필 임서영 최상엽 박예찬 박석원 주지훈 김성종 김대훈 전현지 윤송 심하림 한정원
오퍼레이터	김동혁
뮤직에디터	이부미

[SBS] 콘텐츠프로모션

홍보마케팅 총괄	손영균
홍보마케팅	정다솔 송이림

홍보사진	김연식 옥정식 정호성
SNS/홍보영상	박조아 김가연 김도연
외주 홍보대행사	[피알제이] 박진희 표재민 이미송
마케팅 에이전시	[버스데이 컴퍼니] 김리나 김유정 하형석 이윤지 윤정원

[STUDIO S] 마케팅사업

마케팅총괄	이미우
마케팅	권라나 윤정현
부가사업	정기준 박가람
OST기획	정기준 홍민희
메이킹/홍보영상총괄	유지영
메이킹/홍보영상촬영	김승유
메이킹/홍보영상제작	변지애
스브스캐치 운영	이정하
마케팅협조	[테이크투] 신경진 조유정

[SBS CH] 콘텐츠사업

유통총괄	진해동
해외유통	이한수 임미경 노정현 권민경 김주리 이종욱 오은정 김나현 고건 조수아 조영현 장보경 이수진 전윤지 이예은
국내유통	김웅열 윤준영 최승화 변은지법률자문 추지은 이채린 이소림 김동균 김태경 안승준 이영준 이관호
SCR	박윤수 송유진

연출부 A	남성현 박성현 이은진 이누리	라인PD	최진영 장준호 김혜수 김동훈
연출부 B	박정민 김고은 정지인 서세린	DIT	[XByte] 홍민희 최유진 박건웅 이학준
연출부 지원	박세희	로케이션	[내로남불로케이션] 이동국 이경우
야외 조연출	윤재필		
내부 조연출	신헬렌		
조연출	김현우 김소연		
탱고 자문	김수로 차호근 김민정		
검무 자문	김은이 윤효인		
검무곡 프로듀싱 및 작곡	정종임		
스트링 편곡	최민성		
녹음연주 및 공동창작	박슬기 김홍식 이창훈 성민우 최민성		
Recorded By	악공		
Mixed By	정종임		

[SBSI] 플랫폼서비스

웹기획	강민서
웹운영	박예은
웹디자인	김비치 정수현
웹콘텐츠	김지혜 공준수

[빈지웍스]

기획PD	최민수 이승규
제작PD	이진우
제작관리	박은정
세사외세	송본지 이유빈
보조작가	어소현 박윤정

MY DEMON
마이데몬
Photo Essay

초판 1쇄 인쇄
2024년 2월 6일
초판 1쇄 발행
2024년 2월 23일

글
최아일

펴낸이
백영희

펴낸곳
너와숲ENM

주소
14481 경기도 부천시
부천로354번길 75, 303호

전화
070-4458-3230

등록
제2023-000071호

ISBN
979-11-93546-11-6 03810

정가
39,500원

ⓒ스튜디오S 주식회사

이 책을 만든 사람들

편집
허지혜
마케팅
유승현

제작처
예림인쇄

디자인
글자와기록사이